KB129999

운평선

황
훈
성 시
집

운평선

책만드는집

| 서시 |

나는 혀의 지혜를 배우러 떠나런다.
날카로운 윗니 아랫니 으르렁거리며
쉴 틈 없이 난무하는 파쇄 공격에도
전광석화처럼 몸을 비키며
짤리지 않고
제 몫을 다하며
음식을 섞고
할 일과 할 말을 다 하는
혀의 지혜를 배우러 떠나런다
게다가 그 혀로 시까지 읊을 수 있다면
금상첨화.

| 차례 |

2부

3부

제1부

나는 붓다가 본 사계절이 부럽다

－蟪蛄不知春秋, 內篇 逍遙遊

내 일생은 매미 한철
잠시 머무르는 세상은
타오르는 폭양과
번들거리는 녹음일 뿐

눈송이에 쌓인 동백꽃
봄밤을 적시는 소쩍새 울음
노을에 물든 가을 들판
폭설에 찢어지는 나뭇가지 소리를
듣도 보도 못하고
가을이 오기 전

내 인생은
막을 내린다.

운평선

붓다는 삶이 운평선임을 깨달았다
걸으면 실족하고
헤엄치면 익사하는
색불이공의 평원임을

12000미터 고공에 펼쳐진
운평선
걸어서 도달할 지평선도
헤엄쳐서 다다를 수평선도 아닌
허공의 신기루

비행기 아래 펼쳐지는
구름의 카펫에 현혹되어
발을 옮기는 순간
추락할 따름이라는 걸

미망의 구름 아래로 이미
실족한 우리들

냉소의 고드름이 콧수염에 들러붙고
통곡의 태풍이 산발 머리를 만들 때
속수무책으로 찢어지고 고꾸라져도
운평선 위의 태양을 보지 못한다는 걸

연꽃을 들어 보여주어도 우리는 까막눈이라는 걸.

해우소 선문답

상좌 : 똥이 근심인 모양이죠?

주지 : 똥이 마음이다

상좌 : 그럼 어떻게 하면 도를 깨칠 수 있습니까?

주지 : 똥을 싸서

상좌 : 싸서

주지 : 맛을 보면 된다

상좌 : 맛을 보다니요?

주지 : (주장자로 상좌의 어깨를 내리치며) 할!

야 이 똥물에 후라이 할 놈아. 지 속에 든 한 바가지 똥은 까맣게 잊고 진리가 뭐니 아름다움이 뭐니 나불대면서 정작 싸지르고 나면 왜 그렇게 코를 싸매고 진저리 치는데? 똥구멍에서 나와버렸다고 니 끼 니 끼 아이냐?

똥자루 도사

코를 싸매고
살아갈 수밖에

사람들은
똥자루니까

전전긍긍
터지지 않길 바라며

땅속으로
하관할 때까지

하여
입을 열지 마라
똥자루 입구를 단단히 틀어막고
어기적어기적 무덤까지 걸어가라

증자도 마지막 숨을 내쉬며
괄약근을 풀었다.

괄약근 지렛대

마음으로부터 근심을 몰아내기가
내장으로부터 똥을 밀어내는 것보다
더욱 심난하고 지난하다
지랄이 따로 없다
느슨해지면 얼굴에 벽에 온통 똥칠을 하는 것이고
너무 힘을 주면 뇌 실핏줄 터져 골로 간다
괄약근에 온 우주가 매달려 있고
괄약근 지렛대로 지구를 들기 위해
젊은 시절 성 프란시스코는 가시덤불에 몸을 던지고
석가모니는 혈압 걱정되어 오히려 우유 공양을 받았다.

역사의 변비

아무리 심한 변비의 똥이라도
결국 똥 덩어리로 떨어질 수밖에 없다
중력의 힘을 이겨낼 장사는 없기 때문에
물론 아래로 밀어내려는 괄약근의 힘을
인간의 분투를 무시할 수 없지만
만약 변기가 하늘로 향하고 있다면
애기는 달라진다
인간의 괄약근으로 역부족이다
악취는 천지에 진동하고
똥은 도로 대장 속으로 들어가 버리고
변비는 계속된다
역사의 변비 시대는 계속된다
하여
세상이 변비이고
하늘이 변기인 시대에 태어난 영웅은
말라비틀어진 똥 덩어리
세상 빛을 보지 못할 불행한 똥 덩어리에 불과하다.

모둠 순대

내 순대 속으로
모둠 순대를 쑤셔 넣으니
순대를 만드는 건지
순대를 먹는 건지 알 수는 없더라
그러나 순대를 채우고 나면
세상은 평화롭고
나는 온화해진다
곳간이 비면 순대가 비고
머리도 비고 세상은 하얗게 바래진다
삶은 순대를 채우는 식탁과
순대를 비우는 변기 사이를 오가기

―어이 자네 바깥 바람은 좀 쐬어보았는가?
―나무 코트를 걸치기 전 외출하긴 글렀네그려
그려 그려 그려 그려 그려.

침

부디 침을 흘리지 마라
돈 권력 여자에 흘린 침으로
사바세계의 저잣거리는 온통 질퍽거린다
나도 맨발로 한번 사뿐사뿐 걸어보고 싶다

부디 침을 함부로 내뱉지 마라
누구나 감씨 속의 떡잎처럼
부처님을 품고 있으니
침은 꼬옥 삼켜라.

TV 채널 맞추기

주한 미군 방송 군목이 주장자로 내 머리를 쳤다

"할! 인생은 재방송"

군목 왈,

"CNN 뉴스 자막에서 이미 스코어를 안 상태에서 먼데이 나이트 풋볼 재방송을 보았다. 내가 응원하는 샌프란시스코 포티나이너스가 캔자스시티 칩스에게 전반까지 무려 17점 차로 뒤지고 있었다. 그러나 나는 태연했다. 나는 최종 스코어를 알고 있었기 때문에. 이처럼 하나님을 영접한 사람에게 인생은 재방송이다"

우리 중생은 칠흑 밤길을 걸어가는 나그네. 세속 일 건사에 경황이 없어 뉴스 자막도 흘려보내고 TV를 켜도 엉뚱한 유선방송에 채널을 고정하고 지내니 세상은 항상 전전긍긍. 공중파 방송 자막으로 흐르는 특보 섭리를 훔쳐보지 못했기 때문에.

2012년 백양사 초파일 법문

―할!
―허얼?

중간지대 여행자

의자는 구멍투성이
아니 의자는 없다
다만 철제 핀 하나로
축구장 귀퉁이 풀섶에 묻혀 있다

네 눈을 믿지 마라
망원경도
현미경도
믿지 마라
세상은 망원경 너머 망원경 세계
현미경 너머 현미경 세계

우리는 중간지대 여행자
우스꽝스러운 여행자
못 본 걸 본 듯
안 본 걸 본 듯
그럴싸하게 꾸미는 거짓말쟁이
자신이 장님 귀머거리인 줄 모르는 천치

마침내 하나님의 치마폭 속으로
숨어버리는 영악한 아이.

카르페 디엠

아흔이 넘어
머릿속 울창한 뉴런 숲이
고사목 군락으로 넘어갈 무렵
횟가루 날리는 언덕
10프로만 남은 나의 숲에서
시간은 사막을 지나가는 돌개바람
영생은 치매 속 신기루에 지나지 않으리

영생은 이 순간 여기를 강타하는 번개
부싯돌에 피어나는 파아란 불꽃

젊은 시절
시간은 게 무리처럼 모래사장을 까맣게 덮고 있나니
발끝을 들고
살금살금
후려쳐
망각의 구멍으로 도망가는 게들을
게 구럭에 쓸어 담아라

나이 아흔엔
도망가는 게도
잡을 어부도 아예 없나니.

일체유심조

세수를 하다
새끼손가락 하나
콧구멍으로 빠졌다
미끈
세상이
웃는 얼굴처럼
구김살 없이 환한 줄 알았더니
이런 함정이 있었다니
비열하게도
정정당당한 정상의
매끄러운 콧날 아래
이런 음침한 동굴을 감추리라곤
나 미처 몰랐네

세수를 하다
새끼손가락 하나
콧구멍으로 들어갔다
쑤욱

세상이
무표정의 얼굴처럼
답답하고 평평한 줄 알았더니
이런 비경이 있었다니
축복스럽게도
세상이 허물어진
납작코 아래에도
사동의 별천지가 있었다니.

인생은 한바탕 잔치

산해진미는 넣고
미사여구는 뺄고
새벽이 오지 않을 것처럼
입을 혹사한다

음식과 화제가 동이 나며
하인들은 졸려서 여기저기 널브러져 있는데
이제는 귀가할 시간

인생에 취한 주정뱅이 하나
구석에 처박혀 손을 내젓는다
술 좀 더 내오라고
아직 파하지 않았다고

새로운 손님들을 위한
만찬 테이블 차리기
엄두도 못 내네.

이건 태양보다 더 명확하지

이건 태양보다 더 명확하지
저 나무보다 내가 먼저 스러지리란 걸

태양과 바람으로 광합성도 못 하고
빛이 닿지 않는 곳
축축한 지하에서 흙으로 풍화할 때
저 나무는 오월의 기지개를 켜며
녹색의 음표들을 바람에 나부끼고 있으리란 걸

깨어나질 못할 잠의 무덤에 갇혀
수족이 꽁꽁 묶여 있을 때
저 나무는 손가락을 꼽으며 나이테를 세고 있으리란 걸

한때는
햇빛을 받아 반짝거렸던 나의 수다들 습작들
이제 낙엽처럼 우수수 떨어져 내려
침묵의 무덤 속으로 가라앉을 때
저 나무는 한여름의 폭양을 온몸으로
웅변하리라는 걸.

도토리

가을 석 달을 물어 나른 도토리
쟁여놓길 무려 한 섬
첫눈이 내리고
다람쥐 머리에도 눈이 내리고
하얗게 하얗게 까먹어 버렸다

나도 늙어져 지금 물고 나르는 이 도토리들을
깡그리 까먹고 신세 한탄이나 하고 있겠지
도토리 하나 까먹지도 못하고

발품도 팔지 않고
염불만 한 옆 절 비구니가
묵을 한 솥 쑤어 먹도록
세상천지도 모르고
신세 한탄이나 하고 있겠지

손으로 까보지도 못하고
한 섬의 도토리를

머리로 까먹어 버린 천치 노인이
체머리를 흔들고 있겠지
산모퉁이 저승길이 보이는 양지 녘에 앉아.

What a Wonderful Life

그래 이만하면 눈부신 세상이다
만날까 봐 괴로운 사람은 한 줌도 안 되고
마음속 그리운 사람은 강변 모래알로
이쪽 언덕과 저쪽 사장에 펼쳐져 있으니
차안의 다정한 지인과는 술을 마시며 어울리고
피안의 위대한 연인들은 도서관이나 음악당
아니면 미술관에서 만나
내 짝사랑을 고백하면 되니까.

괴수 리바이어던

그 대형 교회
낮은 담에 붙은 넝쿨장미가
터뜨리는 소녀들의 웃음소리에
망연 넋을 잃는다

그 대형 교회
첨탑 지붕에서 하늘로 비상하는
파이프 오르간 찬송가의 날갯짓에
마냥 눈이 부신다

괴수 리바이어던은
그 안에 있다
천국의 모국어가 한국어라고 믿고 있는
그들에게 있다.

강물

가장 겸손한 땅을 흐르는 게 강이다
산꼭대기 어깨 힘을 빼고
계곡의 날카로움을 어루만져서
낮게 낮게
넓게 넓게

도도함을 던져버린 도도한 흐름이여
어차피 바다에서 마감할 흐름
산정 호수로 고여 흰 구름만 비추느니
융숭한 가슴으로 흐르고 싶은 강

겸손은 위선이 아닌 실존이다
땅바닥을 기는
벌레 같은 인생
아침 햇살에 비친
덧없는 이슬

흔적도 없이 지워질

지상의 미물들끼리
무슨 낯가림
무슨 으스댐

그냥
살아 있음에 고마워
흙탕물과도 어깨춤 추며
바다로 흘러가는 것이다.

구중궁궐의 공자

공자는 구중궁궐이라
대문을 열치며 들어갈 때마다
경이로운 정원을 보여준다고
한 제자가 말했다
우리 시대에 고래등 같은 기와집들은 모두 사라졌다
모두 아파트에 삼 미터 간격으로
층층 포개져서 살아간다

우뚝 선 사람도 다가가면
발밑으로 잦아들고
자그마한 먼 산이 가까이 갈수록
오히려 나를 압도한다.

제2부

벚꽃 상여

벚꽃 나무
아래 주차한 차

밤새 내린
꽃비

꽃상여가
되었네

출근길 샐러리맨
짜증 난 와이퍼

쓸려 나가는 꽃잎들
입관된 젊음.

죽은 벽

바람을 막는다고 쌓아나간 벽이
마침내 문까지 발라버렸다
너무도 젊은 나이에
눈보라 치는 세상을
버티고 살아남기 위해
세월이 지나 창문틀 자리도 망각했다
타오르는 녹음도
이슬 내리는 달빛도 볼 수 없는
장님이 된 방
죽은 벽
곡괭이로 허물어버리기엔
너무나 따뜻한 구들목
어차피 이 방에서 곧 0.3평 지하실로 이사할 것인데
거기서는 불현듯이 치밀어 오르는
역류성 식도염 같은 창문의 기억조차
흙에 묻히겠지.

철이 들어버린 주당들

세모 밑
하루하루 세파는
일파만파로 밀려오는데
갯바위 주점에 앉아
함박눈을 밑밥으로 던지며
낚싯줄을 드리운다

문자 메시지 미끼는 무미건조하고
찌는 움쩍도 않는다
저렇게 하늘이
함박눈으로 무너져 내리는데
미끼를 무는 술동무는 없다

험한 바다 밑을 살아왔기에
향내 나는 미끼의 유혹으로
물 밖으로 끌려간
수많은 불귀의 친구들을 기억하고 있기에
이제 철이 잔뜩 들어 고철로 변해버린
그리운 주당들.

인생 고수

매서운 눈초리와
불끈 쥔 두 주먹으로
인생을 노려보지 마라

싸움의 고수란 언제나
두 팔을 축 늘어뜨리고
때로는 검지로 콧구멍을 후비며
조금은 귀찮다는 표정으로
상대방은 안중에도 없다는 듯
세상에 맞서는 법
심드렁하게

핏발 선 두 눈에
부르르 떠는 두 주먹에
이미 전투력의 절반은 소모한 셈
나머지 힘으로 싸우기에 삶은 버거운 상대

사랑도

사업도
학문도
힘에 부칠 수밖에.

동창회 모임

조개탕 속에
한 녀석이 입도 떼지 않고
무게를 잡으며
화기애애한 분위기를 깨고 있다

무게도 나가지 않는
왜소한 바지락 주제에

미사여구를 읊는 비단조개
너털웃음을 터뜨리는 대합
연신 어깨를 으쓱대는 키조개
모두 무늬에 걸맞게 흥겨운 담소를 즐기는데

아무렇게나 그어놓은
주름살투성이 얼굴 주제에
팔짱을 끼고 엄숙한 포즈라니

참다 못해

손님이 냄비 밖으로 호출하여
입을 강제로 열었더니
입에 가득 머금은 개펄

자신의 시커먼 슬픔으로
국 맛을 버리기 싫었던 것이다.

임수혁을 추모하며

야구에서 임수혁은 2루 도루에 성공했고
스코어링 포지션에서 안타 하나면 홈을 밟을 수 있었는데
인생에선 2루수의 터치로 횡사했다
홈으로 들어오지 못하고 영원히 다이아몬드에 남게 되었다

2루수 뒤에서 이빨을 드러내며 웃고 있던 그림자 2루수가
죽음의 공이 든 글러브로 그의 심장을 터치할 줄은 몰랐다

거시기도 30년 직장 생활의 질주 끝에
1루 2루를 돌아 3루 베이스 헤드 슬라이딩 하다
기다리고 있던 죽음의 3루수 간 터치로
색전술 수술을 받으며 병석에 누워 있다

단타를 겨우 친 주제에 3루타를 만들려고
무모한 주루 플레이를 하다 걸려들었다
호타준족이 아닌 갑남을녀인 우리들
이를 악물고 3루타를 만들기 위해 죽을 둥 살 둥 질주한다
그러다 홈에 발을 올려놓지도 못하고

다이아몬드의 고혼이 된다

누구나 수비수 글러브가 닿지 못하는 담장 너머로
홈런을 날린 후
1루를 돌아서 만면에 웃음을 띠고 양손을 치켜들어
만세를 부르며
여유 있는 베이스 러닝을 할 수 있는 건 아니다

우리는 배트를 짧게 잡고
내야 수비를 살짝 넘기는 안타를 치고
운이 좋아 텍사스 안타라도 하나 줍든지
요행으로 수비 에러라도 나면
한 베이스 정도 더 갈 따름인데

죽음의 내야수들은 베이스마다
이빨을 드러내고 웃으며 우리를 터치한다.

노숙자의 하루

매일 아침
하루가 대문을 발로 걷어차며 행패를 부린다
어제도 소란을 피우더니
오늘도 덩달아 저렇게 동네가 떠나가도록
고래고래 고함을 지른다
당최 이웃들 보기가 민망하여 이사라도 해야 할 판
내일이라고 가만히 있겠는가?
세 형제가 비가 오나 눈이 오나
번갈아 가며 패악질을 해대니
전생에 무슨 죄를 지었기에

옆집 현관엔 아직도 어제가 갖다 놓은 선물로
발 디딜 틈이 없다는데
아침엔 오늘이 들려주는 세레나데
내일은 들뜬 목소리로 해외여행 코스를 낭송하는데
우리 집 대문짝은 발길질로 이미 돌쩌귀가 달아난 형편
삼 형제가 모르는 타지로 이사를 가자니
거기서 다시 여길 들른 사람이 여태 한 명도 없었다니
발길이 떨어지질 않네.

임시직

버짐이 볼을 하얗게 덮고
입가에 게거품이 번지는
한 임시직이
인생은 어차피 비정규직이라며
희미하게 웃는다

나도 강단에서
부조리극을 가르치면서
인생은 비정규직이라고
종이쪽지 하나면
인생에서 완전히 해고라고
흰소리를 뇌까렸다

아,
남의 대사를 절취한 대죄여
소매치기 먹물들이여.

노숙자의 죽음

그는 개방된 죽음을 맞았다
구절양장의 삶이 끝나는 순간
열렸던 항문은 다시 닫히지 않았다

힘에 부친 삶으로 속속들이 부패한 그의 속내를
생애 처음으로 신선한 공기가 자유롭게 드나들었다
갑작스런 죽음의 방문에 호동그레 열렸던 동공도
다시 닫히지 않았다

이미 열려버린 몸뚱아리에게
모든 문은 열려 있었다
새로운 세상으로 향하는 문도
살아생전 수많은 문들을 두들겨보았지만
세상의 문은 죄다 닫혀 있었고
그의 몸뚱아리도 꽁꽁 닫혀져 갔는데
비로소 죽음이
몸뚱아리와 내세의 문을 활짝 열어주었다

감옥의 담장을 걸어온 그에게
죽음은 합법적인 출옥의 열쇠였다.

주차 요원

그는 짤렸다
그의 인물은 볼품없음을 넘어서
남을 불편하게 했다
기술이 없는 그가 호텔 주차장 주차 요원으로 취직했지만
강남 아줌마 입에서 터져 나오는 불평들,
여기 별 다섯 개 호텔 맞아?
그는 결국 짤렸다
서비스 업종의 근무자는 모름지기
고객에게 즐거움을 주어야 하며
불쾌감을 유발시키는 서비스업 종사자를 배치하는 건
업주의 횡포 폭력이라고
담비 목도리를 다시 드라이클리닝에 맡겨야 할 정도로
침을 팅기면서
호텔 주인의 결핍된 자본주의 정신을 질타했다.

징검다리

조바심과 뉘우침이
징검다리로 깔린
개울

저 안달
이 한숨
허겁지겁
건너뛰며
바짓가랑이 젖지 않으려

어차피 건너지도 못할 개울
삐끗
미끄러지며
속내의까지 버리는

우리네 인생,
썩어질 것
우라질 종자들.

정조대왕 화성능행 반차도

청계천을 따라 걷노라면
정조대왕 화성능행 반차도와 나란히 걷노라면
행렬이 끝날 때까지 너무 멀어
자기들은 말을 타고 가는데
내 구둣발이 따라가려니 발바닥이 아파
울화통이 치솟는다
식민지 종주국 영국도
조공국으로 둘러싸인 중국도 아니고
쬐끄마한 변방국의 왕이 6천 명을
화성까지 무위도식으로
먹이고 재워주며 데리고 가는데
분통이 터지고 종내는 슬퍼진다
핏빛 절량가로 하늘의 태양도 흐려지는 백주 대낮
웬 허깨비 같은 빈대들이 6천 명이나……

임대 인생

일제시대 한의사로 한밑천 잡은 김 첨지
소유의 산내골 돌작밭을 부쳐 먹고 산 할아버지
소작료로 등골의 골수는 다 빠지고
마당엔 볏짚만 발 디딜 틈 없이 쌓였다

그 손녀 몇 번의 강산이 바뀐 후
성형수술로 대박 터진 장 박사
소유의 사당동 빌딩 지하 점포를 임대하여 주막집 열었다

목이야 좋지만
지하 18평 파리는 날고
천정부지의 임대료에
주방 아줌마 홀 서빙걸 새경 떼고 나면
남는 건 테이블 위의 팝콘과 땅콩 부스러기

또 한 세상 바뀌어 저세상으로 건너가면
또 어떤 첨지나 박사 호랑이가 쪼그리고 앉아
"내 떡 하나 주면 안 잡아먹지".

하나님도 무심하시지

하나님도 무심하시지
자칭 하나님의 심복이라는 부시를 통해 이라크 양민 30만
명과 꽃다운 미군 젊은이 4천 명을 속절없이 저세상으로 보
내다니(당신 쪽에선 이 세상이지만)

하나님도 무심하시지
목불인견의 바리새인 자본가들에게 차마 눈감고 기아선상
에 허덕이는 미얀마 불가촉천민들에게 눈 크게 부릅뜬 쓰나
미로 20만 명을 쓸어 담아 당신의 나라로 데려갔으니

하나님도 무심하시지
한 끼 때우기도 힘든 오지 쓰촨 성에 냅다 호통을 치며 주
먹으로 산을 치니 10만 명이 다시 당신의 왕국으로 돌아갔습
니다

이 세상 꼴이 보기 싫어 착한 사람들을 미리미리 선발해 가
는 역사를 보여주시는 겁니까?
아니면 그냥 당신은 인간의 뇌에서 흘러내리는 도파민이
빚은 조각품입니까?

연말

연말 속으로 굴러떨어진다
구덩이는 축축하고 차갑다
어깨가 탈골된 듯 왼쪽 팔이 들리질 않는다
얼굴엔 덕지덕지 붙어 있는 진흙 덩이
지난 1년
이를 악다문 손아귀로 움켜쥐어도
손가락 사이로 미끄러지듯
빠져나가던 찰흙의 나날들
한 걸음 옮길 때마다
진흙에 바람 빠지는 소리
귓가에 맴돌며
뒷골을 끌어당기고.

한 젊은이의 초상

그해는
여름이 오기 전에
가을이 왔다
9월이 되어도
햇빛을 받지 못한 과일은
푸르뎅뎅 시큰둥
매달려 있었다
뒤늦게사
탐스런 햇살이 쏟아져 내렸지만
빨간 가을은 영글어지지 않았다
상강이 올 때까지
누렇게 떠서
계면쩍은 얼굴로
낙하할 땅만을 내려다볼 것이다
그리고 같은 가지의 잎보다 먼저 떨어질 것이다
과육이 뭔지도 모르는 잎처럼
매달려 있을 순 없다고 다짐하지만.

서울 탈출기

뱀은 너무 느렸다
강변북로 4차선은 너무 넓었고
트럭은 제한속도 80킬로로 덮쳐 왔다
가물거리는 의식 속에서도
습한 강 내음은
여전히 달콤했지만
도시를 건너오면서 손발은 이미 다 닳아버렸다
배에 돋은 비늘로 밀고 가기에
4차선은 너무 멀었다
달을 향한 나방의 꿈
납작 들어붙은 시체를 도약대 삼아
영혼만 마침내 한강수로 다이빙한다
첨벙 소리는 결코 환청이 아니다.

벽제 화장터

한세상
마약 소굴에서 벗어나 보지도 못하고
취생몽사한다
담배 연기에 휘감기며
알코올에 절어
물뽕 주사를 맞고
컴퓨터 게임에 미쳐
권력에 목매고
돈에 환장하며
글자에 중독되어
여자의 치마폭에 싸여
삶은 동트는 새벽이 생략된 기나긴 밤

한 번도 깨어나지 못한 채
철들어 마약 소굴에 발을 들인 후
철들어 깨어나지도 못하고
침대에 누운 자기가 누군지도 모른 채
골초

주정뱅이
뽕쟁이
게임쟁이
아첨꾼
수전노
먹물
난봉꾼에서
한 줌의 어두운 재로 돌아간다

처음부터 태어나 본 적이 없는
허깨비들
허공 속으로
연기 되어 흩어진다.

삼겹살의 행방

한국은행 출신
네 만 원권 EL 1780987 H가
대웅전 복전함으로 들어가고
내 만 원권 EJ 1230450 B가
진로 두꺼비 따는 데 들어가는 건
이해가 가는데

왜 한 돼지에서 나온
동일 부위 삼겹살을 먹었는데
네 입안 삼겹은 가슴으로 가고
왜 내 입안 삼겹은 허벅지로 오는데?
삼겹살 도착지가 왜케 이렇게 다르냐구?

처세술

나쁜 일은 완전 끊을 수 없으니
게을리하고
좋은 일은 시새움하며
남보다 앞서려 하고
사람들을 뭉뚱그려 보지 말고
잎새 한 잎 한 잎 뒷면 솜털 챙기고
큰일은 사양하고
내 손이 뻗치고
상대방 숨결이 미치는 거기까지만
진정 아름다운 사람은
송하문동자 수묵화 속 나그네
금방이라도 액자 밖으로 사라질 듯
아슬아슬한 귀퉁이 인물.

개미의 슬픔

자신의 몸무게를 30배 들어 올리는 개미처럼
당신의 슬픔을 지탱하소서
비록 당신의 마음 무게가 한없이 가벼워
속 빈 갈대처럼 아슬아슬할지라도
인간은 꺾이지 않는 갈대라 들었소
지금 당신의 어깨를 짓눌러오는 육중한 슬픔
그 무게에 깔려버리지 말고
한쪽 무릎을 곧추세우고
천천히 일어서소서
개미처럼 삼십 배의 짐을 지고도
마침내 발을 뗄 수 있을 거요
이제 걸을 수 있는 거요.

금주

술은 뇌쇄적인 미녀
너무나 사랑했기에 헤어지노라
술에 취하면
세상은 무릉도원
급류와 폭포
복숭아 꽃잎
흐드러지게 떠내려갔는데

이젠 밋밋한 수로에
시멘트 댐의 저수지 하나
덩그러니
고여서 썩어가는구나.

이슬 맺힌 진로

술은 나의 첩
본마누라의 시기 질투가 도를 넘는다
눈물을 머금고 귀가할 수밖에
둘 중에 하나를 택하라고
나냐 그년이냐 을러댄다
나에겐
밥이냐 아름다움이냐인데
술잔에 돌돌 구르는 주적성
목구멍을 미끄러져 내리는 활강감
위 속을 밝혀주는 와사등
마침내 머리를 두드리는 북소리 북소리
둥둥 울리며 올라가는 황홀 황홀
밥숟갈을 들기 위해 이 아름다운 첩을
눈물을 머금고 보내려니 눈가에도
냉장고에서 갓 꺼낸 진로 병에도
참이슬이 맺힌다.

자살

모래사장에서 부화한 대왕거북이
다시 바다로 생환할 확률은 백 마리당 다섯 마리 남짓
갈매기 떼 공격도 받지 않고
100프로에 육박하는 생환율을 지닌 동물의 대왕 인간들은
삶의 바다에서 왜 스스로 목숨을 끊을까?
자살은 224조 6400억의 영령들의 희생을 모독하는
가증스러운 범죄행위이다
나의 별 하나 우주 하늘에 박아 넣기 위해
고귀한 생명들이 은하수같이 스러졌는데
5억 곱 2곱 52곱 60곱 12곱 60명의 생명들이
자궁 수영장에서 필사적인 올챙이 헤엄 레이스를 벌이다
탈락하고 라커룸으로 돌아간 499999999명의 패배자들
비닐 벽에 걸려서 익사해버린 허망한 낙오자들
규중심처에서 족두리를 쓴 채 기다리다
첫날밤도 지내지 못하고 피를 토하며 쓰러진 예비 신부들
오직 나를 위해 순사한 거룩한 영령들의 가피로
우리는 인간 은하계에서 희미하나마 반짝이고 있지 않는가?

풍뎅이

그는
명문 집안
일류대 학벌에
식스팩을 배포에 간직한 훈남이다
그의 발이 닿지 않은 곳이 없고
그의 손이 이루어내지 못한 일이 없다
그 풍뎅이가 뒤집어져 버둥거린다
다족류 발은 많아도
땅을 딛고 몸을 일으켜 세울 발은 없다
모든 다리는 앞으로 향해 있고
등 뒤로 뻗쳐 몸을 지탱할 손이 없다.

그렇습니다

그렇습니다
하나님도 하늘을 오염시키고 싶지 않다는 걸
구린내 나는 사람들은 지상에 좀 더 머물게 하고 싶다는 걸
천지상정이죠
향내 나는 사람들을 탐내는 건
하나님도 예외가 아니지요
한쪽 눈 찡긋하며 우리의 장수에 눈감아 주옵시고
계면쩍은 표정으로 이태석 신부를 비상 소환 해버리시죠.

환갑 즈음에

인사불성으로
신나게 놀고 있는데 유니폼이
다가와 신분증 제시를 요구했다
인사가 불성인데
신분증이 뭔 개수작이냐고
게슴츠레한 눈빛과
입가에 흘러내리는 침으로 대들었다
여기서 이러시면 안 됩니다
유니폼은 더욱 단호하게 가로막았다
친구들은 검문소를 통과하여 하나둘 빠져나가는데
저녁 어둑서니는 깔려오는데
60번 초소를 통과하지 못하고 발목이 묶였다
먼저 신분증을 제시하십시오
아뿔싸 내 신분증을 팔목시계와 함께
전당포에 맡기고 살아온 지 어언간 40년
그게 첫사랑을 버리고 고시 공부를 시작한 순간이던가?
항상 무사통과로 살아온 나에게 환갑 직전
무슨 귀신 씨나락 까먹은 신분증이라니

친구들은 하나둘 잘도 빠져나가는데
왜 하필 나만
Why Me?

제3부

사랑

그는 이미 낚시 미늘에 찔려버렸다
향내 나는 미끼에 눈이 멀어버렸다
낚시꾼은 먼 산을 쳐다보고 딴전을 펼쳐놓았는데
물속에 버둥거리는 자기에게 눈길 한 번 주지 않는데
빠져나갈 길 없다

그녀는 낚싯대를 걷어 올릴 생각도 않는데
그는 제자리를 잡고 있을 수도
떠날 수도 없다
야속한 만남
고작 꼬리지느러미를 흔들며 버둥거리는 게
그의 삶의 전부이다.

함박꽃 앞에서

봄날 오후
뜨락에서
함박꽃을 들여다보네

일렁이는 꽃잎의 파도 속으로
깊이 잠수하여
한오백년을 살고 지고

아예 세파에 휘둘리지 않고
파랑주의보 떨어진
제주 남단
이어도로 가라앉아
물 위로 코빼기도 내밀지 않는
단아한 암초로 남거나

꿀벌도 미치지 않는
꽃 속의 길
영원한 봄날로 이어지는

꽃길을 따라
발목이 시큰하도록
걸어가고 싶어라

꽃 바깥세상은 봄 끝자락
지금쯤 꽃비가 내리고
멀리 어디선가
봄을 접수할 태세로 무장한
녹음의 점령군
군홧발 소리가
천지에 울려 퍼지겠지만.

사전

당신이 나에게서 떨어져 나갈 때
내 가슴은 찢어지지 않았고
내 삶의 사전 속
한 페이지 정도 찢겨 나간 양
심상한 손가락으로 나머지 페이지들을 넘기곤 하였죠
나에겐 아직도 두터운 자음
s 항목도 모음 i 항목도 남아 있고
내 사전은 온전하다고
당신도 수만 개의 수록 어휘 중 하나일 뿐이라고
내 삶을 읽는 데는 문제가 없다고
그러나 공교롭게도 낯선 단어가 낙장 속 단어였고
당신이 그 의미, 어원, 활용 예문을 모두 갖고 사라진 순간
내 책은 암호 책으로 돌변했고
나의 책 읽기는 끝났습니다.

시경詩境

핏줄과 심줄이
울룩불룩 드러난
뱃놈들의 손아귀 아래
파들파들 떨고 있는 심청

시퍼런 인당수는
다하지 못할 푸르름으로
청의 관자놀이를 노려보는데

치마폭으로 얼굴을 가리고
눈물과 바닷물을 가리고
뛰어내리는 순간
육신은 고기밥으로
혼백은 갈매기로 날아오른다.

작별

하얀 서리 휘날리는
상강 새벽
떨어지는
사과 한 알
툭

서릿발 얼굴로
발길을 돌리시더라도
그 소리는 들으셔야죠
꼭

한때 그대와 내 숨결을 엮어서
가쁘게 매어놓았던
동아줄 터지는 소리
툭

이제는 먼지로 화한

새끼 한 토막
가지에서 밀려난
사과 한 알.

이별

고막을 두들긴 그대의 이별 한마디
해일을 일으켜
내 뇌의 계곡 구석구석을 잠기게 한
짠물의 범람

한때 넓디넓은 나의 백사장을
가득 채우며 일렁이던
그대의 한사리 사랑

빠져나간 뒷자리
사랑의 토사물로
내 맘의 개펄은 끝도 없이 퍼져만 가고

서로에게 남은 건
빈 조개껍질
나눌 거라곤

텅 빈 내장을

훑고 가는
휘파람 소리

끄윽 끄윽
토악질하는 갈매기
발이 시리다.

석류

끊어진 사랑으로
금이 간 가슴

가슴골을 타고 내리는
붉은 피

핏방울 방울 떨어져
그득 채운 작은 밀실

일찍이
하늘을 뒤덮은
한숨의 화산재들

분출하는 그리움의
마그마에 용해되어

여기 알알이 영롱한 보석으로 채우니
이토록 화안한 열반의 세계를 찬재하도다.

실을 꿰지 않은 여자

실이 바늘을 쫓아가듯
마음이 움직이면 몸도 따라간다는데

몸을 마음에 꿰지 않은 여자
실은 타래로 쌓여 있는데
맨바느질만 하는 여자

옷도 사랑도 짓지 못하는 여자
천 조각들은 방 안에 수북이 쌓이는데
넋 잃고 바늘뜸질만 하는 여자

아직도
실을 꿰지 않은 여자.

결혼 바겐세일

〈견우와 직녀〉 결혼 브로커 직원이
견적을 들이밀 때부터 시큰둥했지만
결혼식 당일도 여전히
신랑은 바가지 썼다고 믿었다
그 정도 가격이면 훨씬 신제품을 구입할 수도 있었는데
아뿔싸, 주례의 성혼 서약은 도도하게 흘러가 버렸네

신부는 좀 더 부를 수도 있었지만
이문보다 재고 걱정이 앞서
일단 떨이로 처리하는 쪽으로 결심을 했다
남편은 믿음직한 투자였다
1년 뒤엔 떡두꺼비 같은 새끼 이자까지 쳐주었다

최초 구입자의 소비자 불만은 수그러들지 않았다
아내는 점점 새끼 이자 치기에만 몰두하고
아무리 버튼을 눌러대어도 신호가 먹히지 않았다
기계의 오작동 적색 신호가 수시로 깜박이지만
눈 깜박할 사이에 제품 반환은커녕 A/S 기간도 놓쳐버렸다

밥 빨래 청소 기본 기능만 수리하여 작동시키고
나머지 낭만적 첨단 기능은 포기한 지 오래.

독신 만세

원래 부부란 원과 사각형이다
원은 자신의 둥그스름한 모습이 싫어
주위 타원형의 얼렁뚱땅 미끄러지는 곡선까지도 싫어
날카로운 예각 올곧은 직선에 눈이 멀고
삼각형이나 사각형 오각형 등과 어리석은 사랑에 빠지다
원의 탄력 있는 곡선이 더 이상 쭈글쭈글해지기 전
어느 모모각형양을 선택하고 결혼은 시작된다
이 원원각각형의 동거는 머리가 파뿌리가 되어도
하나의 도형을 만들 수 없다
이스라엘 국기가 되든
팔레스타인 국기가 되든
가정은 가자 지역으로 변하고
포연이 자욱해진다
그걸 아는 철인들
스피노자 칸트는 타원형 비스무리한 것엔
눈길도 주지 않았고
키에르케고르는 약혼 위자료로
저작권 전부를 던진 이후에야 비로소

자신의 예각과 직선을 보호할 수 있었다
소크라테스는 직선과 예각에 찔릴까 봐 노심초사하며
아테네 시장 바닥으로
바깥으로만 전전긍긍 전전했다.

무상병

올동백
모가지로 나동그라지는
춘삼월에
걸렸어라 무상병에
넋을 떨구어버렸어라

맥이 탁 풀리고
손목에 힘이 쏙 빠지며
땅에 뒹구는 얼레

얼이 빠진 채
얼레를 빠져나가는
연실을 보네

넋을 놓고서
연실이 빠져 가는
넋두리를 듣네

무너지는 깨끼춤으로
논고랑에 처박히는
나의 연을 보네

올동백 한 송이 또
모가지로
나둥그라지네.

가을

이 가을에
나는 지하철을 타지 않는다
서울의 가로수가 초야를 치르기 위한
화장을 하는 계절
풋풋한 처녀 시절을 끝내고
성숙한 여인으로 변모하는 순간
뉘엿뉘엿 넘어가는 해를 바라보며
까치발로 딛고 서 있는 이 지상에서
내 비록 청맹과니 두더지 신세로
잠시 머무르지만
이 화려한 가을에
어찌 칠흑 같은 땅속으로만 뒤지고 다니랴
나의 아리따운 신부를
넋을 잃고 쳐다봐야겠다.

푸줏간의 고기

드러난 불륜은 언제나
푸줏간에 걸린 고깃덩어리
갈퀴에 찍혀
음탕한 조명 아래
피를 뚝뚝 흘리며
모든 걸 체념하고
시렁에 걸려 있는
제모당한 고깃덩어리

하얀 구름 푸른 초원
졸졸 흐르던 시냇물은 다 어디로?
벼락이 쳐도 깔깔거리며
동굴을 찾아 사랑을 나누던 시절은?

단 한 번의 과오로
과거가 포르노 잡지로 바뀌어버렸네.

30분어치의 고령토

이 얼마나 황홀한 심사이랴
팔짱을 끼고
30분어치의 고령토를
그윽이 내려다보는 눈길은

작업대 위의 고령토는
혼돈의 자연으로
너를 기다리고 있다

고령토 덩어리가 빚어낼 온갖 형상들
마음의 기슭으로 물결쳐 오고

등 뒤 선반 위에는
열을 지어 서 있는 온갖 실패작들
젊은 시절
서툰 손과 어두운 눈의 희생물들
이미 진흙 더미로 되돌아간 고령토들

여기 다시 내려진
30분어치의 고령토 축복.

꿈의 시장

손을 잡고 침대에 들어도
손잡고 걸을 꿈길은 없다
망각의 강을 건너
발길 닿은 꿈의 시장
어깨가 부딪혀도
우리는 목례만 하고 지나친다
가슴이 아리도록 그리운 사람도
꿈의 시장에선
소매만 스치는 타인
꿈속에선 나도 한낱 카메오.

작별

벽 쪽으로
돌려놓아라
거울을

그림자는
그림자를 꺼려한다

창문을 활짝 열어젖히고
시계를 꺼버려라

옷을 벗어 던지고
창문에 이르기까지
시간은 흐르지 않고
고여 있다

옷 냄새 밴 영혼이
되돌아올까
두렵다.

아버님 구순 생신에 부쳐

아버지는 수령 구십 년의 나무
가을바람에 기억의 나뭇잎 하나둘 떨구고 있다
여름철 무성했던 푸른 기억들
이제 낙엽으로 땅 위에 뒹군다
내가 반장 하기 싫다고 무단 조퇴했을 때
회초리 들고 집을 몇 바퀴 돈 기억의
나뭇잎도 그랬던가 하는 미소와 함께 입가에 잠시
대롱거리다 땅으로 굴러떨어진다
주워 드나 가지에 다시 동여맬 수 없다
흙냄새를 맡는 순간 나무에 오르지 못한다
땅의 것은 땅에게로
나무의 것은 나무에게로
마침내 마지막 한 잎까지 떨구는 순간 비로소
나무도 흙으로 돌아간다
흙으로 풍화한
인간 나무에겐 새봄이 찾아오진 않는다
기나긴 겨울 다만
봄꽃 향기가 코를 찌른다는

풍문만 무성하다
부디
춘삼월이 돌아올 적마다
아버님의 꽃향기가 집 안에 가득하길.

56평 방

35평 아파트에서 자란
아이들의 덩치가 커져
우리 방이 비좁아졌다
부딪치는 몸에서
웃음이 연방 터져 나온다

내 56평 방에 서식하는
내 마음들도 무럭무럭 자라서
방 하나 가득 채워
서로 비비며
항상 깔깔댈 수 있길.

부자유친

한 외과의가 얼굴을 깁고 있다
삼백 바늘을 뜨고 있다
뜸질 자국마다 피가 솟고
제 할 일 놓쳐버린 피가 솟고
고이고 팔십 먹은 세월의 고랑을 따라
공연히 흘러내린다
순간의 교통사고로
분화구로 파인 얼굴
천막을 치듯
귀밑 살점
이마 피부 끌어당겨 얼굴 텐트를 친다.
우등상을 탔다고 졸업식 날 자기 얼굴을 부벼주던
환한 보름달을 만든다
입관을 위해.

울 엄마

울 엄마는 딱 2분간만 기억한다

밥은?
묵었어요
……

상 보까?
점심했어요
……

상 채릴까?
조금 전에 묵고 왔어요
……

점심은?
묵고 왔어요
……

밥 내오까?
밖에서 묵었어요
……

시장채?

추어탕 묵었어요

......

보리 숭년의 가슴앓이가
여든둘까지 간다.

엄마 생각

자식 생각만 떠올리면
얼굴 가득 아침 해 떠올라
온통 강물을 붉게 적시고
넘실넘실 춤추며 흘러가는 엄마
어둠도 한순간 산골짜기로 밀쳐놓고
물 흐르는 소리도 호기롭게 높여본다
머리를 짓눌렀던 물안개도
아침 햇살에 날려버리고
엄마는 아침 강이 되어 흘러간다

자식이 아프면
얼굴 가득 저녁노을
탯줄 끊어져 대신 아플 수 없는 마음
핏빛 노을로 타오른다
자식의 고통은 어둠으로 짙어만 가고
엄마는 긴 하루 마지막 햇빛 모아
저녁 별로 돋아난다
어둠이 짙어질수록
더욱 찬연히 빛나는 저녁 별로.

세상을 보는 '나 아닌 나'의 시선

장경렬 서울대 영문과 교수

1

황훈성 교수는 내가 가장 아끼고 사랑하는 동시에 가장 두려워하는 후배 가운데 한 사람이다. 나의 고지식함을 꾸짖는 사람 가운데 황 교수만큼이나 날카로운 말로 나를 꼼짝 못하게 한 사람은 후배든 친구든 선배든 통틀어 기억이 나지 않는다. 우리의 만남은 서울대학교 영문과에서 선후배로 만나면서 시작되었다. 그러니까 70년대 중반에 시작해서 40여 년이 되었다. 그리고 놀랍게도 우리의 만남은 어쩌다 잊을 만하면 무언가 계기가 있어 다시 이어져 오곤 했다. 도대체 신이 관여하여 우리의 만남을 주선한 것이 아니라면 믿을 수 없을 정도로 잊을 만하면 우리는 다시 만나곤 했다. 예컨대 만남이 뜸해졌던 어느 때였다. 어느 날 저녁

집으로 가기 위해 사당동에서 버스를 기다리고 있는데, 뜻밖에 황훈성 교수가 버스 정거장 쪽으로 다가오는 것 아니겠는가. 그의 곁에는 두 명의 일행이 있었는데, 황 교수의 말에 의하면 그는 일행 가운데 한 사람이 오디오 기기를 새로 장만하게 되었고 이를 즐기기 위해 과천에 있는 그의 집으로 가는 중이라는 것이었다. 이어지는 황 교수의 제안에 따라 나는 그날 예상치 않게 초면인 사람의 집을 찾게 되었다.

그의 집에서 음악과 포도주를 즐기며 이러저러한 이야기를 나누다 보니 황 교수가 연전에 세상에 내놓은 시집 『지상에 남겨진 신발』(도담, 2007)이 화제에 올랐다. 그 자리에서 나는 황 교수에게 이렇게 말했다. "황 교수, 그 시집을 읽으면서 느낀건데, 당신이 시인으로 등단하지 않은 게 아쉬울 정도로 시적 경지가 상당하더군. 하지만 말이야, 황 교수, 학자로서 당신이 해야 할 일이 훨씬 더 중요하다는 게 내 생각이야. 다시 말해, 시 창작보다는 문학 연구에 더 신경을 쓰는 게 좋겠어." 이 같은 나의 말에 가벼운 웃음으로 답을 대신하는 황 교수를 향해 그의 친구 가운데 한 사람이 이렇게 말했다. "그게 내가 너한테 하고 싶었던 말이야. 내가 차마 못 하던 말을 선배님께서 해주신 거야."

그날의 만남이 있은 다음 나는 나의 조언이 과연 타당한 것인가를 생각해보지 않을 수 없었다. 하기야 나 역시 영문학자이면서 영문학과 관계없는 일을 무수히 하고 있지 않은가. 심지어 오디오 기기 평론이라는 전혀 엉뚱한 일까지 해오지 않았던가. 그럼에도 불구하고 그에게 그런 조언을 했던 이유는 무엇일까. 물론 황 교수는 뛰어난 영문학자로, 그가 우리나라의 영문학 발전을 위해 해야 할 일이 너무 많다. 그렇다고 해서 그것이 이유가 될까. 그가 시를 쓴다고 해서 영문학에 대한 그의 기여가 그만큼 줄어들리라는 것은 성급한 판단이다. 곰곰이 생각해보니 나의 조언은 부적절한 것이었다.

하지만 이어지는 그와의 만남에서 시 쓰기에 대한 이야기는 더이상 나오지 않았다. 어쩌다 만날 때마다 우리에게는 나눠야 할 이야기가 너무나 많았기 때문이다. 그러던 어느 날 황 교수가 나에게 이메일을 보냈다. 한 권 분량의 시 원고와 함께. 새롭게 출간하는 시집에 수록할 작품론을 부탁하는 그의 이메일을 읽는 과정에 나는 문득 내가 그에게 언젠가 했던 조언이 떠올라 피식 웃음을 짓지 않을 수 없었다. 현명하게도 황 교수는 나의 조언을 받아들이지 않은 것이다! 그의 이메일을 받고, 부적절한 조언을 했던 것에 대한 사죄의 마음으로 나는 선뜻 그의 부탁을 받아들이기로 했다.

시인으로서 황 교수가 이번에 상재하는 시집 『운평선』은 크게 세 부분으로 나뉘어 있으며, 각 부분은 나름의 뚜렷한 특징을 보이고 있다. 먼저 불교적 분위기가 고루 감지되는 제1부를 구성하고 있는 것은 인간의 삶에 대한 깨우침을 지향하는 작품들이다. 제1부에서 황 교수는 인간이란 얼마나 무지하고 무력한 존재인가, 인간의 삶이란 얼마나 유한하고 무상한 것인가에 대한 깨달음의 순간을 시에 담고 있다. 또한 깨달음에 이르지 못한 채 혼미한 삶을 살아가는 인간들에 대한 비판의 시선을 담고 있기도 하다. 이어서 제2부에서 황 교수는 자신의 시선을 우리 시대의 평범한 사람들과 그들이 몸담고 있는 신산한 삶의 현장으로 향한다. 그의 시선은 "철이 들어버린 주당들"을 향해, "노숙자의 죽음"을 향해, "임시직"을 향해, "임대 인생"을 향해, "벽제 화장터"을 향해, 그 외의 신산한 삶의 현장을 향해 고루 주어진다. 그렇게 해서 포착된 이 시대 사람들이 살아가는 삶의 단면들이 제2부의 작품 세계를 이루고 있다. 끝으로 제3부에서 황 교수는 시선을 시인 자신의 삶과 그 주변의 일상사를 향하고 있다. 황 교수는 때로 사랑이나 이별과 같은 인간사와 관련하여 자신의 감성을 드러내기도 하고, 때로 일상의 삶을 살아가면서 체험한 정서를 드러내기도 하며, 때로 부모나 자신의 아이들에 대한 소회를 드러내기도 한다. 어찌 보면 이 시대에 일상의 삶을 살아가는 한 인간으로서 그가 체험하고 느끼는 바를 서정의 언어로 드러낸 작품들이 제3부를 이루고 있다 할 수 있다.

본 논의에서는 지극히 자의적인 판단에 따라 선정한 몇몇 작품을 대상으로 하여 시인으로서 황 교수의 이번 시집 『운평선』에서 확인되는 시 세계를 차례로 검토하기로 한다.

2

제1부에 수록된 작품 가운데 우리가 무엇보다도 주목해야 할
것은 이번 시집에 제목을 제공한 「운평선」일 것이다.

> 붓다는 삶이 운평선임을 깨달았다
> 걸으면 실족하고
> 헤엄치면 익사하는
> 색불이공의 평원임을
>
> 12000미터 고공에 펼쳐진
> 운평선
> 걸어서 도달할 지평선도
> 헤엄쳐서 다다를 수평선도 아닌
> 허공의 신기루
>
> 비행기 아래 펼쳐지는
> 구름의 카펫에 현혹되어
> 발을 옮기는 순간
> 추락할 따름이라는 걸
>
> 미망의 구름 아래로 이미

실족한 우리들
냉소의 고드름이 콧수염에 들러붙고
통곡의 태풍이 산발 머리를 만들 때
속수무책으로 찢어지고 고꾸라져도
운평선 위의 태양을 보지 못한다는 걸

연꽃을 들어 보여주어도 우리는 까막눈이라는 걸.
─「운평선」전문

"운평선"이라니? 이 작품에 대한 독해에 앞서 "운평선"이 의미
하는 바가 무엇인지를 검토하는 것이 순서일 듯하다. 운평선은 '지
평선'이나 '수평선'에 대응되는 말로, '구름과 하늘이 맞닿아 경
계를 이루는 선'으로 정의할 수 있을 것이다. 따라서 구름과 같은
높이에 인간이 오르지 않는 한 운평선을 바라보는 일은 불가능하
다. 그럼에도 불구하고 우리 인간에게 이를 가능케 하는 것이 있
다면, 바로 비행기다. "12000미터 고공에 펼쳐진 / 운평선 / 걸어
서 도달할 지평선도 / 헤엄쳐서 다다를 수평선도 아닌 / 허공의
신기루"를 볼 수 있도록 하는 것이 비행기 아닌가. 어찌 보면 운
평선은 근두운筋斗雲을 타고 세상을 누비고 다녔던 손오공의 시
선에나 가능했던 것인데, 이제 비행기로 인해 우리와 같은 평범
한 인간의 시선으로도 확인할 수 있게 되었다. 하지만 그럼에도
우리는 여전히 손오공처럼 구름 위에 서 있거나 그 위를 걸을 수

없다. 따라서 시인은 운평선을 향해 우리가 만일 비행기에서 내려 다가가려 하는 경우 이는 "걸으면 실족하고 / 헤엄치면 익사하는 / 색불이공의 평원"을 향하는 것이나 다름없다 말한다. 말 그대로 운평선과 그 앞에 펼쳐진 "구름의 카펫"과 "운평선"은 "허공의 신기루"와 다름없는 것이다.

문제는 "색불이공의 평원"이라는 말을 어떻게 이해할 것인가에 있다. '색불이공色不異空'은 불교의 반야심경에 나오는 말로, 이는 '색은 공과 다르지 않다'로 직역할 수 있다. 이때의 '색'은 '물리적 현상세계'를 지시하는 말로, 이에 따라 '색불이공'은 '물리적 현상세계는 비어 있는 공의 세계와 다르지 않다'로 풀이할 수도 있으리라. 바로 이 말을 통해 시인은 저 멀리 "운평선"을 향해 펼쳐져 있는 "구름의 카펫"은 물리적으로 실재하는 것이지만 그와 동시에 존재하지 않는 '공'의 세계의 일부임을 암시한다. 다시 말하지만, 말 그대로 "허공의 신기루"인 것이다. 하지만 이 같은 암시보다 한결 더 중요한 것은 시인이 불가의 관념적인 논리에 기대어 '공간적 의미에서의 운평선'을 '비유적 의미에서의 운평선'으로 바꾸고 있다는 점이다. 어찌 보면 "삶이 운평선"이라는 표현 자체가 비유적인 것으로, 바로 이 비유적인 깨달음을 비유를 통해 전하는 시가 「운평선」이기도 하다.

이 시의 넷째 연은 "구름의 카펫" 또는 "미망의 구름" 위를 걸어 "운평선"에 도달하려다 "실족한 우리들"의 모습을 생생한 언어로 전하고 있다. "냉소의 고드름이 콧수염에 들러붙고 / 통곡의 태풍이 산발 머리를 만들 때 / 속수무책으로 찢어지고 고꾸라"질 수밖에 없는 것이 우리들 인간인 것이다. 여기서 시인은 또 하나 중요한 시적 메시지를 전하고 있는데, "실족한 우리들"은 "운평선 위의 태양을 보지 못한다". 만일 "운평선"과 "구름의 카펫"이 비유적 의미에서의 "운평선"과 "구름의 카펫"이라면, "운평선 위의 태양"이 비유하는 바는 무엇일까. 이에 대한 답을 제공하는 것이 하나의 행으로 이루어진 다섯째 연으로, 이는 또 하나의 비유적 이미지인 "연꽃"이다. 불교에서 연꽃은 여러 의미를 지니고 있지만, 그 가운데 하나가 '깨우침'이다. 요컨대 깨우침의 빛이 우리와 우리 앞의 운평선을 비춰주고 있음을, 따라서 우리네 인간의 "삶" 자체가 "운평선"이라는 미망을 향해 다가가는 것임을 깨우쳐주고 있음에도 불구하고 우리는 "구름의 카펫"을 지나 "운평선"으로 다가가려다 "실족"하고 만다. 이것이 바로 시인이 우리에게 「운평선」이라는 시를 통해 전하고자 하는 메시지일 것이다.

어떤 의미에서 보면 시인이 이번 시집 『운평선』 전체를 통해 제시하고자 하는 시적 메시지는 바로 이것이리라. 문제는 "붓다는 삶이 운평선임을 깨달았다"라는 시적 진술을 어떻게 받아들여야 할 것인가에 있다. 우리가 문제 삼고자 하는 것은 무엇보다도 "붓다는 삶이 운평선임을 깨달았다"라는 또 하나의 엄청난 깨달음에 시인이 어떻게 이르렀는가에 있다. 구름 위를 걸어 운평선을 향해 다가가려다 실족하고 마는 "우리들" 가운데 한 사람이 시인이라면, 어찌 감히 "붓다는 삶이 운평선임을 깨달았다"라는 깨달음의 말을 스스럼없이 할 수 있겠는가. 붓다가 그에게 직접 나타나 그렇게 말했기에 시인은 이를 알게 된 것일까. 혹시 시인은 자기 자신이 "삶이 운평선"임을 깨닫는 바로 그 순간 자신이 붓다의 깨달음이 무엇인지를 확신하는 미망에 빠져들고 있는 것은 아닐까.

여기서 우리는 서양의 문학 이론가 폴 드 만Paul de Man이 말하는 '무지와 예지'Blindness and Insight의 논리를 끌어들일 수도 있다. 어두운 밤길을 지나는 우리 앞에 누군가가 예상치 않게 나타나 불빛을 비추면 우리 앞의 세상이 갑자기 환해지지만 그와 동시에 커진 동공이 빛에 적응하지 못해 우리는 앞을 잘 보지 못한다. 이 같은 상황을 그는 '무지와 예지'라는 말로 요약하고 있는데, 우리에게 무언가에 대한 환한 깨달음 또는 예지가 주어지는 순간 이에 상응하는 무지의 순간 속에 놓이는 것이 우리에게 주어진 인식론적 한계라는 것이다. 바로 이 같은 인식론적 한계에 묶여 있으면서 이를 의식하지 않는 것처럼 보이는 시인의 의식을 드러내고 있는 또 한 편의 작품이 「나는 붓다가 본 사계절이 부럽다」이다.

내 일생은 매미 한철
잠시 머무르는 세상은
타오르는 폭양과
번들거리는 녹음일 뿐

눈송이에 쌓인 동백꽃
봄밤을 적시는 소쩍새 울음
노을에 물든 가을 들판
폭설에 찢어지는 나뭇가지 소리를
듣도 보도 못하고
가을이 오기 전

내 인생은
막을 내린다.
　　　　　　　　　　　　　　　　－「나는 붓다가 본 사계절이 부럽다」 전문

　　명백히 이 시는 시인의 깨달음을 담고 있다. "내 일생은 매미
한철 / 잠시 머무르는 세상은 / 타오르는 폭양과 / 번들거리는 녹
음일 뿐"이라는 이 시의 첫째 연은 시인 자신의 삶에 대한 깨달음
이 어떤 것인지를 보여준다. 한 걸음 더 나아가, 시인은 자신이
"눈송이에 쌓인 동백꽃 / 봄밤을 적시는 소쩍새 울음 / 노을에 물
든 가을 들판 / 폭설에 찢어지는 나뭇가지 소리를 / 듣고 보도
못"함을, 그러니까 "가을이 오기 전"임을, 그럼에도 불구하고 자
신의 인생이 "막을 내"리고 있음을 깨닫는다. 문제는 시의 제목으
로 인해, 붓다는 그 모든 것을 듣고 보고 "사계절"을 보낸 다음 그
의 인생의 막을 내렸는데 자신은 그러지 못하기에 "붓다가 본 사
계절이 부럽다"라는 암시를 이 시가 주고 있다는 데 있다. 시의

제목이 암시하는 바의 "붓다가 본 사계절"이 그러한 것이라는 깨달음은 과연 어디에서 온 것일까. 이 역시 '무지와 예지'가 우리 인식의 한계임을 보여주는 예는 아닐까. 삶에 대한 자신의 깨달음 또는 예지를 붓다의 것으로 확신하는 자신의 미망 또는 무지를 시인은 다름 아닌 이 작품을 통해 드러내고 있는 것 아닐까.

이로 인해 우리는 「해우소 선문답」에 이어지는 일련의 작품을 읽을 때 마음이 불편해짐을 느끼지 않을 수 없다. 그런 의미에서 보면, 이번 시집의 제1부를 이루는 작품들 대부분이 '무지와 예지'의 순간을 드러내는 것이기 때문이다. 하지만 이에 대해 불편해하는 우리의 마음 역시 '무지와 예지'의 순간을 드러내는 것일 수 있음을 보여주는 것이 다름 아닌 「침」이라는 시의 둘째 연이다.

> 부디 침을 함부로 내뱉지 마라
> 누구나 감씨 속의 떡잎처럼
> 부처님을 품고 있으니
> 침은 꼬옥 삼켜라.
> —「침」 제2연

만일 '색은 공과 다르지 않다'면, '현상色은 본체空와 다르지 않다'는 논리도 가능할 것이다. 나아가 '현상으로서의 나와 본체로서의 나는 다르지 않다'라 말할 수도 있다. 이 말을 좀 더 확대하면 '나와 부처는 다르지 않다'도 될 수 있다. 이 때문에 불가에서

117

는 '부처는 어디에나 있다'라 말하지 않는가. 물론 '어디에나 있다'라는 말은 전지전능한 존재로서의 부처를 말하는 것일 수도 있지만, 내 안에 바로 부처가 있음을 말하는 것일 수도 있다. 말하자면 깨우침에 이를 수 있는 잠재력을 우리가 지니고 있는 한 우리는 곧 깨우침에 이른 부처가 될 수 있다. 아니, 스스로 부처가 되는 것이 불가의 이상일 수 있거니와, 이는 스스로 예수의 삶을 사는 것이 기독교의 이상인 것과 크게 다를 바가 없는 것이다. 바로 이런 맥락에서 보면, "누구나 감씨 속의 떡잎처럼 / 부처님을 품고 있"다 할 수 있으며, 이를 "침"을 "내뱉지" 않고 "꼬옥 삼"키듯 마음속에 소중하게 간직할 때 비로소 우리가 도달하는 것이 "삶이 운평선"에 대한 깨우침이리라. 그런 의미에서 시인이 말하는 "붓다"는 곧 '나 아닌 나' 또는 '내 안의 또 다른 나'일 수 있다. 바로 그러한 '나 아닌 나' 또는 '내 안의 또 다른 나'로서의 자아가 '나임을 내세우는 나' 또는 '현상으로서의 나' 또는 '물리적 실체로서의 나'에게 말을 건네고 꾸짖는 순간을 보여주는 것이 다름 아닌 「운평선」이고 또한 「나는 붓다가 본 사계절이 부럽다」가 아니겠는가.

3

어찌 보면 '내 안의 또 다른 나' 또는 '나 아닌 나'가 현실 세계

를 보고 관찰한 바를 생생하게 전하는 것이 『운평선』의 제2부에 수록된 작품들이이라. 제2부에 수록된 작품들 가운데 우리가 특히 주목하고자 하는 것은 절제된 언어를 통해 시적 암시성을 극대화한 작품인 「벚꽃 상여」로, 이 시에서 시인은 삶 속의 죽음을 읽는다.

벚꽃 나무
아래 주차한 차

밤새 내린
꽃비

꽃상여가
되었네

출근길 샐러리맨
짜증 난 와이퍼

쓸려 나가는 꽃잎들
입관된 젊음.
—「벚꽃 상여」 전문

"밤새 내린 / 꽃비"로 인해 "벚꽃 나무 / 아래 주차한 차"는 온통 꽃잎으로 덮여 있다. 상상만 해도 아름답지 않은가. 하지만 시인은 그런 차의 모습에서 "꽃상여"의 이미지를 떠올린다. 그 이유는 무엇일까. "밤새 내린 / 꽃비" 때문에 나무에서 꽃잎이 떨어져 있는 정경은 아름답긴 하지만, 이때의 아름다움은 '처연한 아름다움'이라 해야 할 것이다. 활짝 핀 꽃은 '젊음'에 비유할 수 있거니와, 시들어 젊음을 다하기 전에 꽃잎이 졌으니 어찌 처연하다 하지 않을 수 있겠는가. 필경 그와 같은 처연한 아름다움이 시인에게 "꽃상여"를 떠올리게 한 것이리라.

이윽고 "출근길 샐러리맨"이 집에서 나와 차창의 꽃잎을 털어내기 위해 "와이퍼"를 작동한다. 그러한 샐러리맨의 마음을 드러내는 것이 "짜증 난 와이퍼"라는 표현이다. "출근길 샐러리맨"에게 떨어진 꽃잎의 처연한 아름다움은 결코 아름다움으로 보이지 않는다. 그의 눈에 꽃잎들은 그를 짜증 나게 하는 애물에 불과하다. 그러니 어찌 "와이퍼"로 마구 "꽃잎들"을 쓸어내지 않을 수 있겠는가.

그처럼 "와이퍼"에 "쓸려 나가는 꽃잎들"에서 시인은 "입관된 젊음"을 읽는다. 이를 암시하는 「벚꽃 상여」의 마지막 연에는 묘한 중의적 의미가 담겨 있는데, 우선 바로 이 자리에서 우리가 말한 것처럼 "입관된 젊음"은 "와이퍼"에 "쓸려 나가는 꽃잎들"에 대한 비유적 표현으로 읽을 수 있다. 하지만 "출근길 샐러리맨"이 "와이퍼"를 작동하고 있음은 그가 차에 몸을 실었음을 암시한다.

이는 어찌 보면 "꽃상여" 안에 들어가 있는 것이라 할 수 있지 않은가. 바로 이런 관점에서 보면 "입관된 젊음"이 지시하는 것은 "꽃잎"이 아니라 "샐러리맨"일 수도 있다. 다시 말해 "꽃잎들"은 쓸려 나가고 "샐러리맨"은 입관되었음을 암시하는 것으로 읽히기도 한다.

이 같은 중의적인 의미 읽기를 가능케 하는 것은 물론 시 자체를 구성하고 있는 시적 진술이다. 하지만 이 같은 시 읽기에 무게를 더해주는 것이 있다면, 이는 바로 이번 시집의 제1부에서 드러난, 세상을 바라보는 시인의 시각이다. 만일 우리가 이미 "실족한" 상태이고, "냉소의 고드름이 콧수염에 들러붙고 / 통곡의 태풍이 산발 머리를 만들 때 / 속수무책으로 찢어지고 고꾸라져도 / 운평선 위의 태양을 보지 못"하는 상태에서 삶을 살고 있는 존재라면, 또는 "연꽃을 들어 보여주어도 우리는 까막눈"이라면, 우리의 삶이 과연 삶다운 삶이겠는가. 그런 의미에서 보면 "샐러리맨"은 죽은 삶을 살고 있는 것 아니겠는가. 그렇다면 어찌 그가 몸을 실은 차가 "상여"가 아닐 수 있겠는가.

'내 안의 또 다른 나' 또는 '나 아닌 나'로서의 시인이 현실 세계를 보고 느끼고 깨닫는 바를 전하는 또 한 편의 예사롭지 않은 작품이 있다면, 이는 「동창회 모임」이다.

조개탕 속에
한 녀석이 입도 떼지 않고

무게를 잡으며
화기애애한 분위기를 깨고 있다

무게도 나가지 않는
왜소한 바지락 주제에

미사여구를 읊는 비단조개
너털웃음을 터뜨리는 대합
연신 어깨를 으쓱대는 키조개
모두 무늬에 걸맞게 흥겨운 담소를 즐기는데

아무렇게나 그어놓은
주름살투성이 얼굴 주제에
팔짱을 끼고 엄숙한 포즈라니

참다 못해
손님이 냄비 밖으로 호출하여
입을 강제로 열었더니
입에 가득 머금은 개펄

자신의 시커먼 슬픔으로
국 맛을 버리기 싫었던 것이다.

－「동창회 모임」 전문

　추측건대 시인은 동창회 모임에 나가 조개탕을 안주 삼아 술을 한잔하면서 동창들과 담소를 즐기고 있는 것이리라. 시인은 그런 모임의 자리를 "조개탕"에 빗대어, 또한 모임의 자리에 나온 친구들을 "조개"에 빗대어, 해학과 재치가 넘치는 언어로 정황을 묘사하고 있다. 먼저 이 시의 첫째 연을 통해 우리는 동창회 모임의 분위기가 화기애애함을 알 수 있다. 하지만 그런 분위기를 깨는 친구가 있으니, 시인은 그를 "무게도 나가지 않는 / 왜소한 바지락"으로 묘사한다. 이 "바지락 주제"에 지나지 않는 친구가 "입도 떼지 않고 / 무게를 잡으며 / 화기애애한 분위기를 깨고 있"는 것이다. 그럼에도 불구하고 친구들은 "모두 무늬에 걸맞게 흥겨운 담소를 즐"긴다. 시인은 이런 친구들의 모습을 "미사여구를 읊는 비단조개 / 너털웃음을 터뜨리는 대합 / 연신 어깨를 으쓱대는 키조개"로 묘사한다. 각각의 조개에 대한 묘사는 언어를 다루는 시인의 솜씨가 만만치 않음을 감지케 한다.

　이윽고 관심의 시선은 다시 "바지락"에게 향한다. "아무렇게나 그어놓은 / 주름살투성이 얼굴 주제에 / 팔짱을 끼고 엄숙한 포즈라니"라는 시 구절에서는 경멸의 마음까지 읽힌다. 마침내 "참다 못해 / 손님이 냄비 밖으로 호출하여 / 입을 강제로"연다. 아마도 조개탕이나 칼국수를 즐기는 사람이라면 어쩌다 입을 꼭 다물고 있는 조개를 발견하곤 할 것이다. 그걸 꺼내 행여나 하며 닫힌 입

을 열고 보면, 시인의 말대로 "가득 머금은 개펄"로 차 있는 것을
종종 본다. 시인은 그런 모습을 "자신의 시커먼 슬픔으로 / 국 맛
을 버리기 싫었던 것"으로 이해한다.

　이와 관련하여 우리는 우선 이 시가 전하는 궁극적인 메시지가
무엇인지를 읽을 수 있다. 우선 동창회 모임에는 온갖 친구들이
모여 담소를 즐기곤 하지만, 때때로 마지못해 참석해 담소에 끼
지 못하는 친구도 있다. 바로 그런 친구에게 시인은 시선을 모으
고 있는 것이다. 사실 그런 친구가 있으면 모임에 나온 대부분의
친구들은 으레 분위기를 깬다 하여 마땅치 않게 생각하게 마련이
다. 시인도 그들 가운데 한 사람이지만, 곧 그의 생각은 바뀐다.
입을 다물고 있는 친구가 있다면 그는 "자신의 시커먼 슬픔으로 /
국 맛을 버리기 싫었던 것"으로, 즉 자신의 "슬픔"으로 인해 그럴
수밖에 없는 것으로 이해하는 것이다. 말하자면 냉소와 비웃음은
어느덧 따뜻한 이해의 마음으로 바뀐 것이다.

　문제는 시인이 이 같은 이해의 시선에 이르는 시적 서술자 또
는 시인 자신을 "손님"으로 묘사하고 있다는 점이다. 그렇다면 시
인은 또 한 개의 "조개"로서 "조개탕"이라는 "동창회 모임"에 참
여하고 있는 것이 아니란 말인가. 만일 "동창회 모임"에 참여하지
않은 "조개탕" 밖의 국외자라면 어찌 그를 "냄비 밖으로 호출"할
수 있단 말인가. 이런 관점에서 보면, 이 시는 전체적으로 비유의
일관성을 유지하지 못하고 있는 것으로 볼 수도 있다. 하지만 바
지락이든 비단조개든 대합이든 키조개든 조개를 조개로 인식하

는 주체는 조개 자신이 아니다. 말하자면 시인이 친구들을 조개로 인식하기 위해서는 조개이면서 동시에 조개가 아니어야 한다. "조개"의 자격으로 동창회 모임에 들어가 있는 참여자인 동시에, 자신을 포함하여 동창회 모임에 참여한 모든 사람에게 거리를 두고 바라보는 관찰자여야 한다. "손님"은 바로 참여자인 동시에 관찰자인 시인을 암시하는 것 아닐까. 여기서 우리는 세상을 관찰하는 '내 안의 또 다른 나' 또는 '나 아닌 나'로서의 시인을 다시 거론하지 않을 수 없는데, 이 시에서 "손님"은 바로 그러한 시인을 암시하는 것이라 할 수 있다.

「동창회 모임」과 관련하여 우리가 주목해야 할 것이 또 하나 있다면 "조개탕" 안의 조개들은 이미 살아 있는 조개들이 아니라는 점이다. 이런 관점에서 본다면 "동창회 모임" 안의 친구들은 우리가 「벚꽃 상여」에서 만난 "샐러리맨"과 다를 바 없는 존재들 아니겠는가. 말하자면 스스로 살아 있다고 생각하지만 진정한 의미에서의 삶이 무엇인지 모르고 삶을 살아가는 존재들, "연꽃을 들어 보여주어도" 보지 못하는 "까막눈"임에도 불구하고 이를 모른 채 미망 속에 젖어 있는 존재들이 바로 우리들 자신이라는 시적 메시지를 시인은 전하고 있는 것 아닐까. 시인이 "동창회 모임"을 "조개탕"에 비유할 때 이 점을 의식했는지 의식하지 않았는지 우리는 알 수 없다. 하지만 시인이 의식했든 의식하지 않았든 그가 『운평선』의 제1부와 제2부를 통해 보여준, "미망의 구름" 위를 걸어 "허공의 신기루"로 향하려는 우리들 인간에 대한 경계와 비판의 시선은 날카롭기만 하다. 아울러 "입에 가득 머금은 개펄" 또는 "자신의 시커먼 슬픔"을 짊어지고 삶을 살아가야 하는 사람들에 대한 시선은 따뜻하기만 하다. 정녕코 "국 맛을 버리기 싫었던 것"이라는 구절에 담긴 시인의 따뜻한 이해의 시선은 제2부의 시편에 등장하는 "노숙자"에서 "임시직"과 "임대 인생"에 이르기까지 모든 사람들—즉, 인간으로서의 권리와 존엄성이 거부된 그 모든 사람들—에게 고루 주어지고 있음을 우리는 확인할 수 있다.

4

『운평선』의 제3부에 담긴 작품들을 보면, 시인의 시선은 우리가 앞서 말했듯 시인 자신이 삶을 살아가면서 느끼는 일상의 정서에 초점이 맞춰지고 있다. 물론 시인의 그러한 시선이 시집의 제1부와 제2부에서 우리가 확인한 것과 근본적으로 다른 것이라 할 수는 없다. 때로 우리네 인간의 삶을 향해 섬세하고 날카로운 시선을 던지기도 하고 때로 따뜻하고 다감한 시선을 던지기도 한다는 점에서 그러하다. 하지만 제3부에서 확인되는 시인의 시선은 삶에 대한 깨우침에 이르고자 하는 '내 안의 또 다른 나' 또는 '나 아닌 나'의 것이라기보다 나 자신과 내 주변의 사람들을 이해와 사랑으로 감싸고자 하는 '내 안의 또 다른 나' 또는 '나 아닌 나'의 것이라 할 수 있다.

　우리의 판단으로는 그와 같은 시선을 어느 작품보다 선명하게 느낄 수 있게 하는 것이 「56평 방」이다. 소박하고 간결한 시어에도 불구하고 깊은 울림을 담고 있는 이 작품을 함께 읽기로 하자.

　　35평 아파트에서 자란
　　아이들의 덩치가 커져
　　우리 방이 비좁아졌다
　　부딪치는 몸에서
　　웃음이 연방 터져 나온다

　　내 56평 방에 서식하는
　　내 마음들도 무럭무럭 자라서
　　방 하나 가득 채워
　　서로 비비며
　　항상 깔깔댈 수 있길.
　　　　　　　　－「56평 방」 전문

　어찌 시인의 경우에만 그러하랴. 누구나 그렇겠지만, 아이들이 크기 전에 함께 살던 집이 어느 순간에 비좁아 보이게 마련이다. 이런 사정은 좀 더 넓은 집으로 옮겨 가도 결국에는 마찬가지일 수 있다. 시인의 말대로 "아이들의 덩치가 커"졌기 때문이다. 아마도 여기까지는 아이들이 있는 집이라면 어디에나 적용되는 상황일 것이다. 하지만 누구나 모두 "부딪치는 몸에서 / 웃음이 연방 터져 나온다"라 말할 수 있을까. 어떤 이는 아이들의 부산함에 짜증을 내기도 할 것이고, 어떤 이는 집이 여전히 욕심만큼 넓지 않음을 불평하기도 할 것이다. 시인은 그런 이들과 달리 덩치가 커진 아이들과 몸을 부대끼며 사는 것에 행복을 느낀다. 그러한 행복의 마음을 "연방 터져 나"오는 "웃음"으로 드러내고 있는 것이다.

이어서 둘째 연에서 시인은 "아이들"과 마찬가지로 "내 마음들"도 "무럭무럭 자라서 / 방 하나 가득 채워 / 서로 비비며 / 항상 깔깔댈 수 있길" 소망한다. 거듭 말하지만, 소박하지만 깊은 울림이 느껴지는 소망 아닌가. 어찌 보면 시인이 "무럭무럭 자라"기 바라는 "내 마음들"은 시집의 제1부와 제2부에서 우리가 앞서 확인한 "깨우침"에 이르고자 하는 '내 안의 또 다른 나' 또는 '나 아닌 나'의 분신들일 수 있다. "아이들"이 성장하듯 "마음들"도 성장하기를 소망한다는 점에서, 그럼으로써 "마음들"과 "서로 비비며 / 항상 깔깔댈 수 있길" 소망한다는 점에서 시인은 가정적으로나 정신적으로도 행복이 무엇인지 아는 사람이라 할 수 있으리라. 여기서 우리는 또한 가정의 행복뿐만 아니라 정신의 행복을 위해 우리가 소망해야 할 것이 무엇인지를 작지만 설득력 있는 어조로 말하고 있는 시인과 만날 수 있다.

시인의 따뜻한 마음이 돋보이는 작품 가운데 한 편만 더 들자면, 우리는 「엄마 생각」을 꼽지 않을 수 없다.

자식 생각만 떠올리면
얼굴 가득 아침 해 떠올라
온통 강물을 붉게 적시고
넘실넘실 춤추며 흘러가는 엄마
어둠도 한순간 산골짜기로 밀쳐놓고
물 흐르는 소리도 호기롭게 높여본다
머리를 짓눌렀던 물안개도
아침 햇살에 날려버리고
엄마는 아침 강이 되어 흘러간다

자식이 아프면
얼굴 가득 저녁노을
탯줄 끊어져 대신 아플 수 없는 마음
핏빛 노을로 타오른다
자식의 고통은 어둠으로 짙어만 가고
엄마는 긴 하루 마지막 햇빛 모아
저녁 별로 돋아난다
어둠이 짙어질수록
더욱 찬연히 빛나는 저녁 별로.
ㅡ「엄마 생각」 전문

두 개의 연으로 이루어진 이 시의 첫째 연에서 시인은 엄마의 얼굴 표정을 "아침 해"로 온통 "붉게" 물들어 "넘실넘실 춤추며 흘러가는" "아침 강"에, "어둠도 한순간 산골짜기로 밀쳐놓고 / 물 흐르는 소리도 호기롭게 높"이는 "아침 강"에, "머리를 짓눌렀던 물안개도 / 아침 햇살에 날려버리고" 흘러가는 "아침 강"에 비유하고 있다. 시인의 기억 속에, 자신의 엄마가 그처럼 "아침 해"를 맞이하는 "아침 강"에 비유될 수 있을 정도로 활기에 넘치고 청아하며 환하고 맑은 표정을 짓는 것은 바로 자식을 생각할 때다. 아니, "자식 생각만"으로도 엄마의 얼굴 표정은 "아침 해"를 "가득" 받은 채 "넘실넘실 춤추며 흘러가는" "아침 강"이 된다. 산뜻하고 아름답지 않은가. 비유 자체도 산뜻하고 아름답지만, 비유를 통해 시인이 우리의 마음속에 그려놓는 시인의 엄마의 표정 또한 산뜻하고 아름답지 않은가.

둘째 연에서 시인은 엄마의 또 다른 얼굴 표정을 그리고 있는데, 이번에는 자식이 아플 때다. "자식이 아프면" 엄마의 얼굴 표정은 "저녁노을"에 잠긴 하늘이, "긴 하루 마지막 햇빛 모아" 돋아나는 "저녁 별"이 된다. "탯줄 끊어져 대신 아플 수 없는 마음 / 핏빛 노을로 타오"르는 "저녁노을"이라는 비유뿐만 아니라 "어둠이 짙어질수록 / 더욱 찬연히 빛나는 저녁 별"이라는 비유도 깊고 아름답지만, 그러한 비유를 통해 살아나는 시인의 엄마의 얼굴 표정 또한 깊고 아름답다.

이처럼 시인은 엄마의 얼굴에 비친 기쁨의 표정과 슬픔의 표정을 서로 대립되는 이미지인 "아침"과 "저녁"에, "빛"과 "어둠"에 비유함으로써 더할 수 없이 생생하게 살리고 있다. 정녕코 이 같은 비유를 통해 산뜻하고 아름답게, 그리고 깊고 아름답게 살아나는 것은 엄마의 이미지이지만, 이와 동시에 그러한 엄마의 얼굴이라는 거울에 비춰지는 "자식"으로서의 시인 자신의 이미지 역시 생생하게 살아나고 있지 않은가. 엄마가 아침 햇살을 받으며 흐르는 아침 강이고 또한 노을이 감도는 저녁 하늘과 그 하늘의 별이라면, "아침 해"와 "저녁노을"은 거울 같은 엄마의 얼굴에 비춰진 자식의 모습일 수 있다. 모르긴 해도 시인이 엄마를 여전히 "엄마"라고 부를 수 있는 것은 시인이 언제나 거울 같은 엄마의 얼굴에 비춰지는 "아침 해"와 "저녁노을"과 같은 존재이기 때문 아닐까. 따지고 보면 이 같은 논리가 어찌 시인에게만 해당하는 것이랴. 이 세상 모든 어머니는 아침 햇살을 받으며 흐르는 아침 강과 노을이 감도는 저녁 하늘과 그 하늘의 별이고, 그러한 엄마의 얼굴에 비춰진 이 세상의 모든 자식들은 "아침 해"와 "저녁노을"이리라. 바로 이런 관점에서 볼 때, 시인이 그리고 있는 엄마의 이미지는 시인의 엄마뿐만 아니라 우리 모두의 엄마의 이미지이며, 이 시에 등장하는 엄마의 "자식"은 시인을 지시하기도 하지만 우리 모두를 지시하기도 하는 것이리라. 이렇게 해서 「엄마 생각」은 시인의 시가 되는 동시에 우리 모두의 시가 된다. 요컨대 「엄마 생각」은 이 세상의 모든 "자식"들과 "엄마"들의 이야기를 담고 있는 시, 넓고 깊은 보편성을 간직하고 있는 시다.

5

이제 다시 '시인'이라는 호칭에서 '황 교수'라는 호칭으로, '우리'라는 대명사에서 '나'라는 대명사로 되돌아가기로 하자. 엄마에 대한 황 교수의 애틋한 상념이 담긴 「엄마 생각」을 읽는 동안 나는 문득 금아 피천득 선생을 떠올렸다. 금아는 1969년 『산호와 진주』(일조각)라는 수필집을 내며 책의 앞쪽에 '엄마께'라는 헌사를 담은 적이 있다. '엄마께'라니! 당시 금아의 나이는 환갑에 가까웠는데, 그런 나이에도 '어머니'가 아닌 '엄마'라니! 이를 보자 내 마음에 떠오르는 것은 느낌표였다. 일종의 신선한 충격을 받았던 것이다. 할아버지로 불릴 만큼 나이가 지긋하신 분이 '어머니'가 아닌 '엄마'라니! 하기야 그런 나이에도 '어머니'가 아닌 '엄마'라는 호칭을 사용하는 사람도 적지 않다. 이제 환갑의 나이에 가까워온 황 교수가 바로 그런 사람들 가운데 하나다.

미루어 짐작건대 그처럼 나이가 들어서도 엄마를 '엄마'라 부르는 사람은 마음 한구석에 맑은 동심을 간직하고 있는 사람일 것이다. 「엄마 생각」은 그와 같은 동심을 간직하고 있는 황 교수가 이제는 이 세상에 계시지 않는 엄마를 마음속으로 그리며 창작한 것이리라. (참고로 황 교수는 지난 2012년 1월에 엄마를 여의었다.) 그리고 황 교수에게 영문학 연구를 잠시 뒤로 미루고 「엄마 생각」과 시를 창작하게 했던 동인動因의 하나는 바로 그와 같은 동심이었으리라.

황 교수가 지니고 있을 법한 동심에 대해 생각하다가 나는 문득 그가 자신의 아이들과 한데 어울려 뒹굴던 모습을 떠올렸다. 아주 오래전인 2001년 여름 나는 몇몇 문인과 함께 멕시코와 쿠바를 여행한 적이 있는데, 오는 길에 잠깐 안식년을 맞아 샌프란시스코 근방에 와 있던 황 교수의 집을 찾았다. 그의 집에서 머물던 날 저녁, 황 교수와 나는 그의 아이들과 함께 텔레비전으로 야구 경기를 즐기게 되었다. 당시 샌프란시스코 자이언츠의 톱타자였던 배리 본즈가 홈런을 치자 황 교수와 그의 아이들은 환호하며 함께 뒹구는 것 아니겠는가. 황 교수가 「56평 방」에서 표현했듯, 그와 아이들의 "부딪치는 몸에서 / 웃음이 연방 터져 나"왔다. "서로 비비며 / 항상 깔깔"대는 황 교수와 아이들의 모습을 보며, 나는 황 교수가 마음 안에 지니고 있는 해맑은 동심을 읽을 수 있었다.

  앞으로도 계속 황 교수가 동심을 잃지 않고 「엄마 생각」과 같은 멋진 시를 창작하기를! 그리고 동심만큼이나 맑은 시심을 모아 "아침 해"와 "저녁노을"과 같은 수많은 기쁨과 슬픔의 시를 창작하기를!

운평선

초판 1쇄 2014년 1월 13일
지은이 황훈성
그린이 오원배
펴낸이 김영재
펴낸곳 책만드는집

주소 서울 마포구 합정동 428-49번지 4층 (121-887)
전화 3142-1585·6
팩스 336-8908
전자우편 chaekjip@naver.com
출판등록 1994년 1월 13일 제10-927호
ⓒ 황훈성, 2014

ISBN 978-89-7944-460-5 (03810)